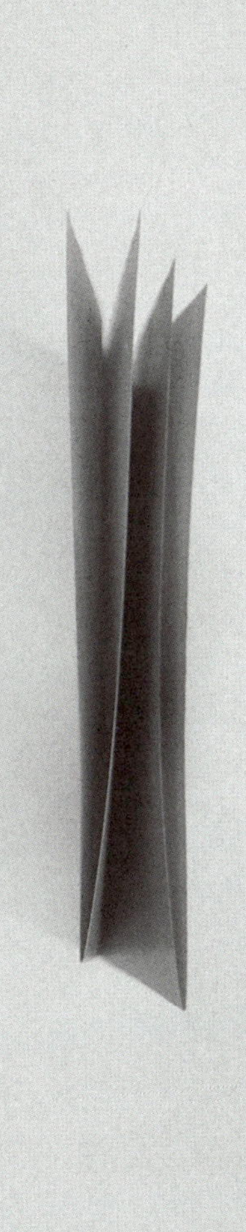

# 슬픔의 펼침면

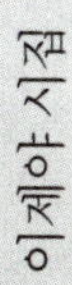


먼곳

시인의 말


우리를 길러낸 건
슬픔을 접는 능력이었을걸

읽다 만 슬픔을 다시 펼치면
환영할 수 있을 것 같다

나의 슬픔이
너의 슬픔을 되오는 세계에서


2026년 봄
이제야

# 차례

3부
결핍은 두려움을 거머쥔 희망이라고

# 1부

빛나는 존재들의
무게를 받아쓰려고

시소와 시

시소에 책과 일기를 놓았다
아끼는 것들이 나를 버틸 수 있을지 궁금해

빛나는 존재들의 무게를 받아써볼까

시를 쓸수록 삶에 이름이 많아진다
영원히 모르는 세상이 태어나고

나를 쓰다듬으며 자장가를 불러보면
나는 세상이 조금 만만해진다

타인의 이야기를 쉽게 쓰지 않았는데
시소에 문장을 올려두면 내 쪽으로 기운다

감당해야 할 첫 문장들처럼

날짜가 없는 일기는 진실하지 않아도 될까

믿음을 노력한다는 건 좀 이상하지
진실을 이야기하려면 세상에 속아야 해

어떤 기분은 자주 가져도 내 것 같지 않다
아마도 처음이 아닌 세계 같지

빈 하늘에 문을 그리면 가끔 문이 열렸다
누구입니까, 물으면 고백이 가까워지고

없다고 생각하면 있는 것이 선명해진다

꼭 한 번은 슬픔을 펼친 면을 보고 싶다
아끼는 것들이 나란히 접히는 모양을

잘 지내, 새로 쓴 시가 문을 열고 나간다

가능한 맥락

맥락 없이 사랑한다는 건 뭘까

은행나무 아래의 연인과 늙은 개에게서
모든 반려의 생을 짐작하고

유모차를 끄는 여인이 지나가면
잠시 선천적인 사랑에 대해 생각해

찢어진 책을 모아보기로 했어

인과관계가 없는 이들이 사랑을 한다면
이것은 농담일까 사건일까

참 무능하지
매일 서로를 노래 가사처럼 잊어버리는 게

맥락 없이 아름다울 수 있을까

헤아릴 수 없는 말을 잊기 싫어서
수백 개 책갈피가 내 몸을 통과했겠지

우연과 맥락을 헷갈리지 않고 싶다

참 부질없지
그럼에도 매일을 대본처럼 외워본다는 게

읽을 수 없는 것들을 직감하려 해

그러면
맥락 없이 알게 되는 사랑이 있겠지

느닷없는 희극과 온화한 비극 중에
우리는 무엇에 더 능숙할까

나와 나의 끝말잇기

고독과 무엇을 바꿔 부를까요

내가 나의 중심을 비껴가도 된다면
가난한 것들로 자서전을 쓰고 싶은데

고독은 나를 잇는 끝말잇기거든요

고독의 능력은 나라서
세상의 반대말을 찾으면 나일 텐데

나로 시작해 나로 끝나는 끝말잇기

내가 나를 사랑하는 건 헌신일까요

손톱에 연못을 그려 들여다보면
내 얼굴이 비칠지도 모르지만

나는 내게 여운을 남기지 않고 싶거든요

단호한 목소리는 신뢰이길 바라며
쓸쓸한 자세는 용기이길 원해요

고독의 능력을 믿어도 되는 시절인가요

약간의 변신이 가능한 곳이라면
실수는 어디까지 사랑받을 수 있는지

나는 내가 생생하지 않아서 좋거든요

복숭아잼을 만드는 일처럼
고독의 밤을 천천히 지어내는 기분

고독이 유용하다는 걸
나는 내게 가르치고 싶거든요

갓 지어내는 세계를 보고 싶어요

일부러 나를 내게 가두어도 좋은
나의 가장자리를 나로 채워도 좋은

나로 끝나서 나로 시작되는 끝말잇기

대체로 그런 일들에 대해 생각합니다. 아침이 오면 이유 없이 하는 것들. 한낮을 걸으면 아무렴 목격하는 일들. 갈증과 피로 사이를 경유하는 틈에 대해.

커피를 내리고 식빵에 잼을 바릅니다. 달콤하다는 것만 만끽하는 느낌이 좋아요. 판단하지 않아도 좋은 일은 애쓸 필요가 없습니다.

한낮을 걸으면 낭비하는 삶들이 보입니다. 옥수수를 덤으로 달라는 손님과 조금 늦어서 미안하다는 배달원 가운데 서서 누구를 위해 낭비하는 삶은 성실한가 생각하면서.

골목을 지나다 낡은 의자에 앉은 소년을 봅니다. 소년도 자장가를 들으며 자랐겠지 생각하면 애처롭지 않습니다. 서로가 모르는 슬픔은 자주 쉽게 해석됩니다.

불면증을 겪는 사람과 춘곤증이 시작되었다는 사람을 견주어봅니다. 겪는 것과 시작되는 것 중에 무엇을 먼저 위로해야 할지에 대해 시차 없이 비슷한 고통에 대해.

지팡이를 든 노부부가 힘겹게 걷는 길 위로 꽃잎이 쌓입니다. 위태로운 꽃길에서 누가 가여운지 누가 한적한지 여력을 묻지 않는다면 대체로 그렇다고 수긍하게 됩니다.

# 여름의 기술

매실 몇 개를 주머니에 넣고 다녔어 손을 잡는 기분
으로

잘 익으면 자두가 될 것 같지 정성을 쏟아보고 싶어

동그란 연두가 빨강이 되어가는 게 우리의 성근함
을 닮았지

익을 때를 기다리며 닳을 때까지 아껴 보는 시의
얼굴

오후에는 감자 스프를 끓였어 사라질 그림을 그리
듯이

포슬포슬하게 끓는 발자국이 칠월의 눈길을 걷는
것 같지

무의미하지 않기 위해 어느 정도 감당해보는 시
절들

여름을 온종일 쥐어보려고 여름의 색과 냄새를 모
았어

그럼 불확실한 것들에 객관적일 수 있을 것 같지

포도알들을 세는 날이야 꿈을 접시에 옮겨 담아보
려고

블루베리는 어린 포도 같아서 귀여운 울음 모양일까

여전히 알 수 없으니 절망에 유연해지는 방법

지나간 시간에 객관적이고 싶어 오늘은 오늘이라
고 할게

자명한 마음은 때를 놓치지 않는 삶의 기술일지도
몰라

지나간 봄에는 없었던 우리의 능력이 여름날 참외
만큼 있단다

잃고 잊는 것들에게 주관적일수록 기쁨은 비현실
적이란다

이윽고 여름이 기술이 되고 있어

우리는 오래된 집에서 만나기로 했다

잘 정돈된 정원이 오늘의 일 같았다

폐허는 아무것도 없기 때문이 아니었다

그때의 우리에게만 가능했던 양태와
지금은 아무것도 없는 집

옛 정원에 그려둔 자동차 자리가 그대로였다

누구도 만들어두지 않은 인과를 빼면
우연만 남는 것처럼

우리가 타던 자동차를 다시 찾습니다

중개상에게 다시 연락해서 말했다

우리를 아는 것은 우리뿐이겠지만

언제든 좋으니 한 번은 다시 타고 싶습니다

다시 갖는다는 것은 늦은 애정 같지만

우연을 뺀 자리에 할 일을 만들어두고 싶었다

차를 타고 못 가본 축제가 다시 열린다고 해서요

나의 포부와 책임이 무미하게 느껴지겠지만

우리를 대체할 수 없을 때
나는 나를 이용한다

그럼 연락 기다리겠습니다

불친절한 중개상의 기분을 알 것 같았다

설명할 수 있지만 모른 척해도 좋겠지

도입과 결말이 없는 이유를 알아가는 중이다

이유는 치러야 할 것들일지도 모른다

축제를 간다면 옛 정원에 차를 잠시 주차해둘까

보존이라는 말을 사랑이라고 바꿔 부르며

지금의 우리라서 가능한 양태와
영원히 아무것도 없는 집

우리는 오래된 집에서 자주 살기로 했다

# 빗소리의 구실

곧 비가 그칠 겁니다. 빗소리에 맡긴 기억도 사그라들겠지요. 유연하게 떠오르는 절망들이 좋습니다. 의지하려는 존재가 의지되는 존재로 되는 부드러움이.

나는 또 슬쩍 기억을 맡겼습니다. 누구나 무모한 일에 쏟아지기도 하니까요.

어떤 마음이 태어나는 울음은 빗소리를 닮았습니다. 누구나 운 적이 있다는 건 절망했으나 절망한 기억을 잃어버리는 것. 한 손으로 고통을 안고 가벼워졌다고 말하고 싶어요.

빗속에서 모두 같은 얼굴이라면 슬픔은 그냥 구실이잖아요.

아직 떠오르지 못한 것이 많아요. 소매의 냄새, 축축한 표정, 밤의 물빛들, 서랍의 밀도, 하품의 꿈. 넉넉한 빗소리에 기억을 내밀면 감각이 망각을 앞지릅니다. 젖은 청바지를 안고 잠들고 싶어요. 빗소리를 망각할 때까지.

이 비가 대를 잇는다면 좋겠어요. 내가 뉘우치지 못한 과오와 후회하지 않은 애착을 위해 노력해주기를. 기록에 대가를 바라지 않으니 외우지 못했던 말들을 외워주기를.

다음에 내리는 비가 아스라이 우리를 지운다면 지난 비를 재생해주세요.

결함 접기


손톱을 꾹꾹 눌러 선을 만들면
부끄러운 얼굴 자국을 새기는 것 같다

우리 종이접기 할까

점점 작아진다는 게 얼마나 짜릿해
사랑을 접고 두려움에 접히는 우리 같잖아

부끄러운 결함들이 쓸모 있는 기분

몸을 웅크리고 있는 나는 가끔 색종이 같아

완연하고 관대했으며 정직했던 선들은
또렷한 목소리로 규칙을 말해주지

설명서에 없는 규칙을 알아가는 기분

아빠가 보내온 바다 사진을 오려두었어
성급한 젊음에게 미안했다는 설명을 넣고

다음 생일에 백발의 바다를 접어줘야지

접었던 것을 생각해보면 알게 되거든
고백을 꿈을 열망을 미래를 선택을

엄마에게 바다를 접어주면 좋아하겠지
아빠의 늦은 고백에 조금 관대해지므로

꽉 쥐던 결함들을 이제 보내주는 기분

개운하게 두 발을 씻고
선명해지는 선들을 최대한 잘 따라가기

우리 이 선을 기억하기로 해
내가 결함에 관대해지는 방향을

# 순수의 시대

할머니의 가방에는 곰 인형과 칼이 함께 있었다

한 이의 꿈에는 여러 서사가 있다는 듯이

새벽에 칼을 든 할머니가 주방을 서성이면
곰 인형은 방에서 할머니의 꿈을 대신 꾸었다

늙고 조용한 발자국이 첫눈 소리가 되는 꿈

엄마는 할머니에게 묻고 싶었을지도 모른다

엄마, 순수와 이성 중에 무엇을 고를 거야?

어린아이 얼굴로 웃는 순수를 기억하다가
우리 이름을 불러주는 이성이 간절해질 때

굴비 가시를 가려주며 나는 묻고 싶었다

할머니, 어른의 회고록에는 정답이 있어?

동화책을 읽으며 웃던 할머니는 말했겠지
나는 여기의 내가 좋은데

한 이의 얼굴에는 여러 내가 있다는 듯이

순수는 오래전의 미래였으며
이성은 가까이에 선 희망 사항일 것

할머니, 내가 다음 생일에 시를 써줄게
곰 인형과 칼이 영원의 짝이 된 이야기

이건 아주 작은 순백의 이야기일지도 몰라

할머니, 순수와 이성 중에 무엇을 고를래?

걸작 수업


걸작이 말하고 싶은 삶을 생각했다

살아보고 싶은 손이 주어진다면
무엇을 먼저 도와야 하는지

배운 삶을 그대로 베끼면 구원이 될 텐데

우는 법을 외워서 고양이에게 갈까
사람을 얻는 도덕을 네게 읽어주고 싶은데

습작에서 나는 여러 번 죽었다 깨어난다

미워하는 내가 무엇이든 될 수 있어서
시에 사는 내가 좋아진다

일생과 일과를 나란히 두고 싶다

여섯 살의 우리가 노인을 위한 시를 쓴다면
놓친 것들을 축원이라고 쓸게

관심 없는 일에 접속사를 두면
걸작처럼 오래 이어지는 삶이 될까

잘못된 정성이 들킬까 봐
오늘을 만족하는 듯이

우리는 이미 없어진 비밀들을 찾아다니지
영원한 서사라는 것이 존재할까

시작은 유영하는 꿈 같고
끝은 시든 잠 같다

유한한 일을 오래 묘사해보았다

코트 위에 떨어지는 눈송이에
한때의 기쁨을 만끽하며

사라진 것을 그대로 재연하면 구원일 텐데

걸작이 말하고 싶은 삶을 모르고 싶다

낙망과 희망


여전히 세상의 말들이 진부해질 때
꽃시장에서 울던 나를 기억해낸다

어떤 마음에 속지 않으려고
오랜 약속을 잊지 않으려고

잃어버린 최초의 곳에 있으면 돼

당부를 주문처럼 열 번 외우다 눈을 뜨면
엄마 손이 나를 잡아끌고 울음이 그쳤다

더 알아채야 할 진부한 마음이 있을 것 같아

나는 자주 불안하고 불안에 상냥해진다

잃어버린 곳에 서서 잃어버린 것을 세면
무언가 나를 잡아끌어 울음이 멈출 것 같다

어떤 마음에 다가가보려고
오랜 약속을 지켜보려고

어쩌면 세상의 진부한 말에 낙망하겠지
아마도 진부한 말을 믿으며 희망하겠지

주문을 열 번 외우다 눈을 뜬다

많이 기다렸지 다음부터 손 꼭 잡아

가벼운 약속


편지를 평생 간직하겠다고 하는 말을 믿어야 할까

들판을 걷는 두 사람에게 평생이라는 건
달의 주기나 잎의 명도나 빗줄기 속도일걸

노력하지 않아도 애정만 주면 되는 것들이 있어

평생 딸기를 심자던 언니는 이제 없네
창고에 해외 단편선들이 쌓이고 공책들이 얼룩졌
는데

남겨진 것을 보면
평생은 악보만 남은 노랫말 같다

어쩌면 삶은 모난 문장을 다듬는 것보다 쉽겠지

저울에 평생을 얹어볼까

어느 쪽으로 기우는지 본다면
약속의 무게를 알 것 같아

그렇다고 달라질 것은 없겠지만

습작 공책에 들판을 그려주지 그랬어
그럼 딸기를 그림에 심어두고 평생을 믿었을 텐데

옳지, 좋은 서사라고 말이지

달이 참 밝았지
동그란 심장을 쥘 수 있을 것 같았거든

매일 같은 절망이었다면
만년필로 주기를 남길 수 있었을까
언니가 베끼려던 단편선의 대사들처럼

빗줄기가 굵어지자 우리는 먼 곳까지 달렸다
한여름을 기다려보면 똑같은 날을 빌려 올 것 같
아서

두고 온 것 같은 시간들은 평생이라고 해두자

남은 평생은 누구의 몫일까
너무 쉽게 쓴 방학 같지

잃어버린 적 없이 평생일 것 같던
우리의 평생이 무수해지네

평생 간직한다는 말이
평생이라서 조금 가볍게 느껴지네

2부


처음을 쓰기에
우리는 너무 닮았고

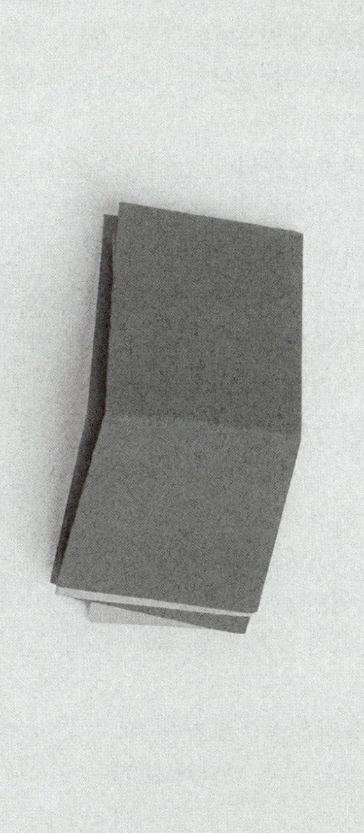

탄생과 일상을 구분해야 할까

오늘을 추앙하지 않으며
어제를 극복하지 않았던

잔잔한 침대에 누우면
다섯 살 겨울방학으로 돌아가
엄마가 읽어주는 책을 듣고

느슨한 카펫에 앉으면
열 살 크리스마스로 건너가
선물을 숨기는 아빠를 부르고

생일과 삶을 나눠야 할까

아무 일도 일어나지 않았으나
아무 일이 없지 않은 것에 대해

내일은 부드러운 욕조에 누워
거품을 모으는 나를 만나러 갈 거야

그렇게 나는 내가 되어보려고


아무렇지 않은 느낌을 모아보면
극적이지 않아서 재밌는걸


이것은 일월과 십이월까지의 이야기

# 아침의 단편선

잘 익은 바질과 단정히 조각난 식빵을 그려요

두고 온 날을 그리듯이 일부러 아름다웠듯이

간결한 대답이 되려면 오래 생각하지 않아야 해요

바구니에 담긴 단편선에는 아무 답이 없습니다

비유를 섞은 문장은 때로 낭만의 해설이 될 거예요

이제 바질 토스트를 액자 안에 넣고 벽에 걸어요

두고 볼 날을 걸어두듯이 틀리게 아름답듯이

가벼운 아침은 지난 꿈이 없어야 이루어집니다

세상의 모든 은유가 귀여운 이유를 알려줄게요

거짓은 아니지만 진실을 숨기기도 좋습니다

나의 단편선을 읽듯이 나만 아는 다음 이야기들

이제 기억할 것은 내가 그린 아름다움뿐

47

여름방학보다 먼저 붉은 여름이 있었다. 엄마의 손을 붙잡듯 봉숭아를 하나씩 뜯어 주머니에 넣었던 여름이 붉은 믿음이 시들지 않을 것 같았던 여름이.

형언의 여름 일과는 너무 소박해서 소중했다. 봉숭아를 한 줌 식탁에 올려두면 엄마는 곱게 찧어 나의 손톱에 올려주었다. 나는 하루치 사랑을 마음껏 받은 아이처럼 단꿈을 꾸며 잤다.

순수를 지켜주고 싶어 엄마는 밤을 지샜을 거다. 작은 손톱에 헝겊이 빠질까 봉숭아보다 더 붉은 마음으로. 크리스마스 소원보다 신비로운 마음이 몇 해를 지켜냈을 거다.

여름은 오해의 계절이었다. 손톱에 물든 봉숭아의 기적을 믿었다. 집 안 곳곳에 찧은 봉숭아를 두고 붉어지기를 기다렸다. 붉어지지 않아도 울었고 너무 붉어져도 울었다.

어떤 사랑은 오해를 잘 가두며 크는 것 같다. 봉숭아를 잊지 말라고 어른인 나에게 엄마는 붉은 석류를 건넨다. 엄마의 밤에 갇히고 싶다. 엄마의 모든 마음에는 기저가 있을 테니.

여름이 오면 봉숭아가 없는 공원에 서서 붉은 여름을 찾는다. 사랑의 촉감을 기억해내기에 여기의 여름은 이미 멀리 온 것 같다. 엄마, 붉은 여름은 다 어디로 간 거야?

살아본 날을 다시 사는 기분이 이런 걸까
네가 내 사랑을 의심하지 않을 때

네 살의 나와 네 살의 너를 나란히 두고 누웠어
우리는 지금 다른 꿈을 꾸며 잠들었지만

정확한 믿음이 된다는 것은
참 시적이고 현실적이지

오늘 네가 들려준 이야기를 조용히 재생해
느낌표와 물음표를 고민했을 너에게

아는 이야기를 모른 척하는 기분이 이렇겠지
네가 내 대답을 의심하지 않을 때

믿음을 지킨다는 것은
참 시적이고 현실적이지

이불 밖으로 나온 작은 발이 내 발에 닿으면
우리는 같은 꿈에서 만난 거라고

네가 좋아하는 충분하다는 말
돌아갈 곳이 없어도 된다는 암호 같은 말

살아볼 만한 사람이 된 기분이 이렇다면

당분간 이 믿음을 지켜내고 싶어

본능과 불행


냄새가 사라지는 길을 본 적이 있습니까

보드라운 털실을 감은 몸으로
너는 뛰어오겠지

결코 잊지 않았어 여기서 기다렸어

보이지 않는 것은 누구의 것입니까

모아둔 냄새를 조용히 핥으면서
너는 잠시 잠이 들겠지

충성을 본능이라고 오해하지 않을게

사라지는 모두를 지켜본다는 것은
인간의 능력일까 사랑의 불행일까

언제라도 당신의 신발을 아낀 적이 있니

끝을 세어가며 걷고 있는 인간에게
너는 문 앞을 지키며 묻겠지

인형을 꿰매어 주면 사랑이라고 믿을게

셈을 잃는 무능력을 쥐어 준다면
사랑할 수 있겠니

이 길을 더 오래 걸을 수 있다면
너는 언제나 잃어보겠지

냄새가 사라지는 길을 간 적이 있습니까

사라져가는 냄새를 맡기 좋은 밤이지

부고 소식을 듣고 오랜만에 시집을 펼쳤다

우울이라는 단어가 몇 개인지 세어보고
죽음에 대해 쓴 문장만 찾아 읽었다

난간에 서 있던 여름이 있었다는 것을
손을 내밀 곳이 자신의 손뿐이었다는 것을

그리하여 그랬다고 생각하면
거스를 수 있는 것들이 없어진다

우울을 생으로 바꿔 읽고
살고 싶었을 문장에 밑줄을 그었다

그럼 부고는 예측하지 못한 일이 되고
한 번은 거스르고 싶은 꿈이 될 것 같다

모든 게 좋았다고 말하면 죽음을 앞당길까 봐
생의 배열에 적당한 임무를 배치해둔 이

암호를 알아채지 못한 우리는
살게 해달라고 쓴 외침을 의지라고 세웠겠지

죽음을 새롭게 바라보라고
사랑을 남겨두는 것이라고

의지와 유언을 나눠 읽고 싶다

들판을 보기 위해 난간에 섰던 여름이 있었다는
것을
삶의 손이 너무 따뜻해서 오래 잡았다는 것을

새로 읽은 시집을 그의 꿈속에 가져다놓았다

# 독백 모임

오늘 여기서 기꺼이 말해볼게요

우리의 목소리는 독백이 어울려요

눈빛이 눈빛을 갈망하지 않아도 좋아요

우리가 찾고 싶은 것은 나이니까요

아무도 각자의 세계를 주지 마세요

말풍선들이 천장을 채워야 해요

연민이 연민을 붙잡지 않는 곳이에요

우리가 살고 싶은 곳은 나입니다

독백이 끝나면 흑백사진을 보세요

오래된 빛 하나에 각자의 눈빛을 내어주세요

빛들이 모이면 사진은 오늘의 색을 가집니다

외로움이 외로움을 조용히 존중해요

우리의 독백은 나란히 고요해집니다

# 겨울 수박

제철에 열리는 과일을 외우며 자랐다. 알 수 없는 변화들 속에서 믿어볼 만한 것들이 있다고. 때가 돌아오면 잃은 것은 언제나 그대로라고 말해주었다.

믿음을 갈아 신은 두 발처럼.

칠월 나른한 낮에 할머니가 내어주던 수박은 여름의 자세였다. 작년의 맛은 올해의 일과였으니 올해의 맛은 내년의 결심이 되겠다. 제철은 지켜내는 자격이라고.

스스로를 물려받은 오늘의 우리처럼.

눈이 펑펑 내리는데 수박을 먹는 어른이 되었다. 여름의 갈증에 들뜨지 않으며 겨울까지 건조하게 걸어온 우리. 제철이 필요하지 않다는 걸 알아버리면 이별은 대체로 수월하다.

그때의 부재를 알아가는 대화법처럼.

가끔 제철이 없다는 건 분실한 나 같다. 어렵게 찾지 않아도 되는 때에서 나는 자주 믿음을 잃고. 겨울 수박을 먹으며 씨앗을 한 움큼 모아두었다. 때를 잃지 않고 싶다.

# 수동적인 기쁨

우리 자주 하는 이야기 있잖아
그때는 틀리고 지금은 맞을까

매일 대답이 달라진다

녹아버린 아이스크림을 다시 얼려도
같은 모습이 아니니까

이제 이런 애매한 결론에는 익숙하지

우리를 키워준 건
수동적인 기쁨이었을지도 몰라

숨기려고 한 건 아닌데 숨어버린 것
비밀스럽지 않게 비밀이 된 것

우리 자주 걷는 곳에 가볼까
물가에 돌을 던지는 아이들이 있네

별 볼 일 없어서 오히려 귀한 꿈인걸

지금은 지나기 전에 봐야 하고
그때는 지났으니 볼 수 있다면

우리는 또 만나서 이야기하겠지

그때는 슬픔에 섭섭했는데
지금은 그때의 우리에 서운하다고

오랜만에 스웨터를 꺼낸 날이야

슬픔을 차곡차곡 하나씩 펴
두 팔을 활짝 벌려 안아보려고

나는 나를 펼치는 소질이 있으니까

방에서 하루 묵었던 아빠는 금니를 한 줌 모아 내밀었다. 작은 방에서 삶의 밀도가 매만져진 것처럼, 무언가를 마중한 것처럼, 모아 온 시간의 모양을 발견한 사람처럼. 오래된 공책에서 크게 써둔 글자를 알아챈 기분 같았다.

원시 안경을 낀 세상을 생각하면 조금 슬퍼졌다. 눈으로 보이는 슬픔이 있는 걸까. 금니를 하나 둘 세어 보는 눈빛이 낡지 않아서 다행이라고 생각했다. 어떤 시력이 유해한 것이 가까이 있음을 지나칠 수 있는 능력이라면 좋겠다.

수국이 여럿이 있는 모습이 기대어 있는 사람 같지 않냐며 아빠가 물었다. 수국을 심은 지 벌써 십 년이라고 금니를 보이며 미소를 지었다. 원시 안경은 아름다움을 또렷하게 볼 수 있는 거리에 익숙해진 재능 같았다.

아빠는 방에 하루 더 묵었다. 묵은 기침을 하다 금
반지를 꺼내 나왔다. 촉감이 기억하는 그해가 있는 듯
이 엄마는 금반지를 계속 쓰다듬었다. 당신 손가락이
참 가늘었지, 아빠는 반지를 다시 껴보며 굵어진 주
름을 원망하지 않았다.

반지 안쪽에 적힌 금은방 이름이 보이지 않는다며
아빠는 원시 안경을 다시 닦았다. 금니를 보는 눈빛과
금반지를 매만지는 이가 있기에 오늘을 애쓰지 않아
도 된다는 듯이. 수국의 자리를 다시 세어보며 친애하
는 것을 마음껏 바라볼 수 있는 거리를 짐작했다.

교환 고백


오늘은 먼지를 털어낸 책을 읽었다

선연한 이야기가 도착한다면 말을 꺼내도 될까

창문 밖에는 오래된 일기가 있는 것 같다

아이의 말이 구름을 타고 베란다에 도착하면
나는 자주 말을 숨겨놓았다

우리가 숨길 수 없는 말들을 주고받는 사이

오늘은 말할 수 없는 이야기를 들려줄까
그림자가 흑백영화를 사는 것처럼

거리를 걷는 연인의 비밀이 잎을 타고 오면
나는 창문을 활짝 열어두었다

어떤 고백은 흩날리는 법을 알아야 끝이 된다

사랑의 재앙은 숨기지 않았으니 시작되고
재앙을 숨기면서 우리는 위태로워지듯이

지도를 펼치고 세계의 파도를 그려 넣었다

사라지고 없는 곳에서 속삭이는 밀물들

시를 쓰는 일의 연유를 생각한다

화려함이 사라진 뒤에 얼룩진 잎을 만지고
비상하는 것들 사이에서 늙어가는 새를 보는 것

창문 밖에는 시인의 전생이 있는 것 같다

말을 품은 사람을 만나면 나는 조금 소중해진다
한 사람의 음성으로 수백 편 시를 읽은 것처럼

빛을 굽는 손짓이 책을 펼치면 토마토가 자라난다
옥상은 내 키보다 높아서 동화를 다 아는 어른이
된 것 같고

모든 맛을 아는 척 덜 익은 날씨를 넣는 토마토 키친

덜 익은 마음들을 쥐면 좋은 일이 일어날 것 같다

옥상에 모여 라디오를 틀자 모든 이야기를 수집해
볼까

모든 사랑에 평범해진 척 시집을 마음껏 빛에 구워
보자

오늘도 해명되지 않는 일들이 너무나 많을걸

말미암아, 말미암아, 어른들의 주문이 계단을 오르
게 해

옥상에서 이유 없는 엽서를 오래오래 쓰고 싶다

토마토 씨앗을 모으면 빨간 눈을 가진 기분이 든다

잘 익은 눈으로 책을 읽으면 옥상은 빛의 도서관이
되고
빗자루를 들고 뛰어오는 할머니와 온종일 놀 수 있지

무엇이든 된다는 믿음을 쥐고 지금보다 나아가면 돼

올라온다는 약속은 올려다본다는 동경의 시작이
니까

누구에게나 공평한 빛을 나눠 주는 토마토 키친

우리가 적당히 수긍할 수 있는 이유를 생각해봤어
비껴가는 빗줄기를 환영하는 사람처럼

쓰다 만 편지를 주면 좋을 것 같아
그것을 읽는 것은 근력이겠지만

가끔은 우리를 번역해보고 싶거든
두 가지 뜻을 가진 영단어만 골라 쓰자

어쩌면 오해의 능력이랄까

우리가 섣불리 사랑할 수 있는 이유를 생각해봤어
녹아버린 아이스크림을 섞는 스푼처럼

한 번은 번역하듯이 편지를 읽고 싶거든

아무도 같은 문장을 쓰지 않는 능력과
그러나 모두가 한마음으로 쓰는 일

어쩌면 내가 오래 너를 사랑한 것처럼

우리를 영원히 형용할 수 없는 이유를 생각해봤어
그냥 그렇다고 믿는 날짜처럼

# 3부

## 결핍은 두려움을
## 거머쥔 희망이라고

# 각설탕 케이크

잘 쌓아 올린 미래를 보면 어떤 생각이 드니

그런 것 아닐까
아슬아슬함을 기어코 견디는 느낌

왼쪽 오른쪽 살펴가며
층층이 쌓은 망고 케이크처럼

한 번쯤은
오밀조밀한 마음을 갖고 싶기도 해

미래를 잘 쌓는 중이라는 사람을 만났어

단정한 입술로 말하던 미래는
얼마나 오밀조밀하던지

미래는 아슬아슬한 크리스마스 같은 건데

오밀조밀한 미래에게 무례한 질문 하나를 해

으스러지지 않는 법이 있기는 합니까

우리는 각설탕을 밟는 느낌으로 살잖아요

그는 녹은 망고 케이크를 그려 우리에게 내밀어

아슬아슬함이 사라지는 자취는
보여줄 수 있는 절망 같지

사라지는 것은 설탕을 한 움큼 잡고 싶은 느낌 아
닐까

잘 녹아내리는 미래를 보면서 어떤 생각을 하니

어쩌면 묘한 일이 일어나지 않을까, 붉은 달이 뜬
오늘처럼

그날도 그랬겠지 바다에 잠겨보는 느낌이었겠지

무모한 하강이 우리의 임무인 것처럼

몇 년을 기다린 전화를 받는다면 뭐라고 해야 할까

그날도 그랬겠지 물이 발목까지 차오릅니다, 들리
십니까?

물이 허리까지 차오르는데 신속하게 이탈하라니

우리의 새벽이 무수히 이탈할만한 곳인 것처럼

어쩌면 묘한 답장이 돌아오지 않을까, 처음인 듯

언제든 물길의 깊이 속으로 잠겨야 한다고

수문이 개방되었습니다 거대한 희망으로 들어갔
겠지


붉은 달 아래 너는 아무런 말도 듣지 못했으니


늦었지, 우리가 너의 붉은 눈동자를 오래 띄워둘게

나의 사계절 이불

어떤 여름은 너무 이른 것 같다
하얀 이불을 빨아 널면서 앞당긴 것에 서러워졌다

기약과 약속에 대해 이야기했다

귀한 마음을 고르는 법을 배울 수 있다면
기약 있는 이별도 가능하겠는걸

이불을 갈아야 할 때가 되었다는 걸 알아서
다행이라고 생각했다

약속한 적이 없어도 이윽고
차근차근 바꿀 마음들이 있다는 것

여름을 기다리는 이유는 기분 같다

애착인형을 안고 자는 아이의 마음을 배워서
이 마음을 꼭 시로 써야지

맞이에는 어울리는 노래가 있다
알고 있는 것과 알 것 같은 것

다음 가사를 손에 쥔 기분이 좋다
알고 있는 이야기를 쓰면 이렇게 마음이 편안할까

알고 있는 마음을 시로 쓰기가 조금 두려워진다

속절없는 영화를 한 편 고른다
변하는 많은 것은 친절하지 않다는 생각이 든다

알아채야 할 것들이 너무 많아서
소중한 것들을 많이 사랑하고 싶다

빛나는 것을 모으는 법을 배울 수 있다면
보내버린 것들에게 미안하다고 말할 수 있을 것 같
은데

다시 모으고 싶은 것들은 항상 저만치 앞서 있다
내일 아침 오이 샌드위치를 만들어두는 것처럼

쓰고 싶은 것과 써야 할 것들은
여름을 닮아 있다

길에 떠도는 이들을 생각하면 새벽이 너무 길다
누구에게는 사랑이겠고 누구에게는 관념이겠다

가을은 또 이미 와 있을 것 같다

여름 이불을 빨며 벌써 밤잼을 만들 생각을 하면
책임감 있는 사람이 된 것 같지

연보라 스타티세와 소국을 골라 꽃집 할머니에게 물었다. 하나 더 덧대고 싶은데 무엇이 좋을까요, 괜찮은 것이 있을까요. 얼버무린 말들과 빗나갔던 말들이 은연중에 꽃말이 되면 좋겠다고 생각했다.

색을 덧붙이려다 할머니의 귀여운 스웨터를 한참 바라봤다. 까닭을 찾는 일보다 중요한 것이 있을 것 같아서. 할머니의 털모자에 그려진 겨울 숲은 여러 색이 없이도 마땅한 팔레트가 되어 있듯이.

기념일을 줄줄이 외우면 완성되는 삶은 다발일까. 꽃다발이 완성되기를 기다리는 이들의 뒷모습은 나중에 도착할 갈채 같았다. 넉넉히 허락된 축하와 위로가 어디선가 너를 기다리고 있다고.

만발하는 동안 수많은 축축함을 지났겠지. 물들며 꽃 그물에 걸리는 건 우리가 아름다운 탓이겠지. 모든 것이 움튼 곳에서 무분별함과 무모함 중에 무엇이 맞는지 묻지 않아도 될 것 같았다.

　만추에 다시 오겠다고 하고 꽃시장을 나왔다. 코트
에 묻은 작은 마거리트 잎을 떼어 시집에 몰래 숨겼
다. 어떤 이야기의 슬하에서 꽃들이 만개해가겠지, 스
스로 하염없이 놓인 우리처럼.

울고 있는 뒷모습을 외워두면
가볍게 인사할 수 있다

매일 나는 나를 데리러 간다

내가 나의 편이 될 이유들을 적어두고

유난히 쓸데없지
진심을 해석해야 한다는 게

내가 있고 나를 보는 내가 있어

얼마나 겸손해야 하는 걸까
내가 넘어지고 내가 일으키는 일

유난히 무모할걸
모든 인과관계가 나인 이야기

매일 나는 나에게 당부해

배신과 외면을 뱉어내고
한입 용기를 삼켜보기를

조금 먼 언약은
내가 나를 기다리는 날이야

그러니 데이지 축제에서 할 일이 있단다

갚지 않아도 될 잘못을 가져와도 돼

유난히 닮았지
아스라이 보이는 오래된 나와 내가

나는 나를 부르지, 노래를 부르듯

일어나는 뒷모습을 외워두면
기꺼이 나는 나를 살릴 수 있을 것 같다

매일 나는 나를 외우러 간다

나의 이름은 나와 나를 보는 나

맺음말의 서

우정은 무엇인가요, 묻는 너에게
나는 가장 진부한 말을 골라 쓸 거야

우정이라는 말을 들키지 않도록

의미를 외우면 의미가 없으니
누가 뜻을 적어준다면 잘 잊기로 해

대신 나는 작은 마을을 하나 그려둘게

태어나고 사라지고 맺어지고 끊어지는 것들
이 안에 무엇이 있는지

우정은 어디에 있어요, 묻는 너에게
나는 아주 흔한 말을 골라 쓸 거야

우정이라는 말이 달아나지 않도록

알지도 못한 채 알게 되는 것들은
믿음을 무력하게 할지도 모른단다

하루의 끝이 세상의 끝인 듯한 날
너의 애착을 꺼내보기를

무너뜨리고 넘어지고 사랑하고 포기한 것들
이 안에 무엇이 있는지

잃기 쉬운 것들이 기록되기를
잊기 좋은 것들이 빼곡하기를

누구에게도 말하지 말고 꼭 쥐고 다니렴

아름답다는 것은 뭘까
잃어버린 문장을 찾으며 생각했지

어느 곳에도 도착하지 않은 것
미워해본 적 있는 순수함 같은 것
오랫동안 잊었다고 믿어 온 것

가끔 문틈으로 보이는 세상이 있어
그것은 새겨들어보는 마음일까

아름다움을 지킨다는 것은
사랑하는 것을 조금 더 사랑하는 일

아무도 강요하지 않은 책을 읽는 듯이

낡은 문장이 낀 안경을 끼고 싶어
흩어지는 것들에게서 관대해질 수 있게

녹아가는 사탕을 간절하게 굴려보고
내가 나일 거라고 매일 착각하며

빚이 많으니 모든 것과 우정을 키워야지
갚을 때까지 친구가 되어줄래

가끔 문틈으로 숨는 세상이 있어
그것은 이미 잃어버린 마음일걸

아름답다고 믿어야 할 결핍들을 쌓을게
우리가 빚을 진 것들을

경계의 거리


누군가 세계를 가르기 시작하면
한 세계는 외면을 무릅쓴다


도시가스 배관공사 중입니다
팻말이 우리를 막으면 세계는 둘로 나뉜다


내 앞에 놓인 말이 지금은 무용지물이 된다


우리가 하나가 되어 줄지어 지나갈 때
배관공은 아주 좁은 세계의 주인이 되어


이만치 가까이에서 위험을 본다


위험한 사람을 도와주어야 한다고 배운 아이에게
도와주지 못하는 거리를 알려주어야 할 때


위험하니까 돌아가주세요
사람들이 깍듯하게 경계의 말을 따를 때


도시가스 배관공이 안전한 길을 안내하면
우리는 착실하게 그의 세계를 지켜준다

아무 일이 일어나지 않은 순수한 악몽은
외면해도 좋은 삶을 닮아가고

누군가 세계를 가르기 시작할 때
수많은 외면이 우리를 무릅쓰고 운다

마주 앉는 이유에 대해 생각한다

배경이 없는 그림에 놓인 정물처럼 네가 있다

우리에게 적당한 거리는 없는 것 같다

하나만이라도 들켜주면 좋겠다고 생각했다

계속 바라보았다

글씨를 써도 좋겠다고 울어도 좋다고 말했다

마주 보는 좋은 구실이 필요했다

옆자리에서 오래전의 이야기가 들렸다

현실에 속을까 봐 두 팔을 귀에 모았다

계속 서글퍼졌다

우리가 아닌 모든 것은 들키기 쉬웠다

서글프지 않아도 되는 오후였다

닮은 이야기라는 것만으로 마음을 주었다

나는 멀찍이 걸어가서 모두를 보았다

구슬픈 것과 서글픈 것 중 너는 어디에 놓일까

알았지만 모르는 것에 대해 생각했다

배경이 없는 그림에 대부분의 우리를 두었다

환기를 위해 택해야 하는 일이었다

네가 우리에서 나와 모두와 어울리고 있다

특별히 알지 않아도 될 일이었다

빈 하루


사진필름을 들고 걷는 사람을 봤어요


몇 컷을 잘 고른 듯한 표정을 보고 있으면
삶의 의도는 산뜻하고 가벼운 것 같아요


브런치 가게에서 아침 메뉴를 골랐어요


루꼴라를 잔뜩 넣은 샌드위치를 베어 물면
오늘 아침에 읽은 시가 제법 이해되지요


장마와 잘 어울리는 전시회를 보러 가요


열두 장면이 하나를 말하고 싶었다는 것은
쓰지 못한 답장을 쓸 변명이 될지도 모르죠


길거리를 지나는데 소년이 노래하네요


굵은 비에 모두 떠나고 나 혼자 들어보니
찾고 싶던 단어를 몰래 얻은 것 같죠


이제 불 꺼진 창문들의 시간이네요

천장에 숨겨둔 낮의 해를 꺼내보아요
고독한 하루의 연습이 시작되지요

언제 한번은 차근차근 정리해야겠어요
할머니의 낡은 안경을 빌려 쓰고서

뜻이 없는 사전을 쥐고 오래 걸어보니
삶의 의도는 상냥하고 불행한 것 같아요

그해 여름 폭설

그해라는 말은 간직된 마음 같아
폭우가 그칠 때까지 그해 편지를 골라 읽었다

폭설을 쓴 편지를 읽으면 그해가 살아난대
어린 나는 나에게 일러주었다

그때부터 폭우를 폭설로 바꿔 읽었다
언제 읽어도 무관한 편지를 쥐고서

그해라는 말은 그리움을 쥔 두 손 같지

폭우가 그칠 때까지 폭설을 읽으면
그해 겨울을 맘껏 유영해보는 두 손

오해하고 싶은 미래는 두 손이 만드는 거라고
미래의 내가 지금 나에게 일러준 것

그해라는 손은 미래의 마음 같아서
나는 자꾸 그해에 폭설을 내린다

내가 나를 놓지 말자고

그해 여름은 폭설이 내렸다

네가 언제든 흥얼거릴 수 있는 가사를 쓸게

나는 오랜 대중가요 같은 시를 쓸 거야
십 년이 지나도 이어서 불러줄 수 있는 시

외로운 날 꼭꼭 씹어 배부르게 먹어

매일 더듬는 네 말을 몰라줘서 미안해
절실하고 귀했던 시절을 지나쳤지

다시 들려준다면 후렴구로 만들어둘게
맘껏 더듬어도 되는 귀여운 언어로

사람이 딸기 우유로 변한 시를 썼어
잘 아는 음을 붙여 같이 부르자

서글픈 날 그 꿈을 꺼내 신나게 놀아

무해하고 작은 꿈을 몰라줘서 미안해

깨진 유리창 사이로 달이 보이면 조각난 세상 같았지

더듬는 네 말이 오늘 밤 자장가가 될 거야

깨진 창에 이 시를 붙여두고
고단한 밤에 속은 듯이 잠들기를

나는 언제든 빌려주는 내가 되는 게 꿈이야

열아홉 시의 기도


열아홉 시에 사람들이 하나둘 모여 앉는다
한 번쯤 안녕이라고 말하게 될 손짓으로

아무도 안녕이라고 말하지 않지만
두 손을 모으면 고백이 시작될 것 같은 열아홉 시

모두 같은 모양의 손을 가진 것 같다

같은 마음으로 산다는 것에 대해 생각한다

감추고 있지만 환하게 보일 것 같은 소망들은
지난한 시간을 오래 지나왔기에

부끄럽거나 절망적이라도 간절할 수 있다

같은 간절함을 안고 모이는 것에 대해 생각한다

언젠가 한 번쯤 들키고 싶었을지도 모를
일부러 감춰 온 슬픔 같은 것

적당한 간격을 두고 앉은 두 손들은 안녕의 모양 같다

나는 행인이 되어 찬양의 책을 처음 펼쳤다

모두에게 안녕을 말하고 돌아선 그 열아홉 시

4부

한 이가 한 이를
되오는 세계에서

동백으로 쓴 답장

흩날린다는 말에 대해 생각합니다

아름다움이 두려움을 이길 수 있을까요

사라진 마음으로 일기를 쓰고 있어요
가벼운 산책에서 새를 만난 아침처럼

인사말 없이 비밀을 하나 고백해도 될까요

사람을 사랑하려고 사랑을 모아두었거든요

뿌리를 내린 동백을 가방에 넣고 키웠어요

길의 방향에게 용기를 물으면 답장이 옵니다

정처 없는 속삭임에 대해 생각합니다

쓸 말이 없는데 쓰고 싶은 일기가 많아요

잘 숨겨 안부를 보내면 안녕이라고 믿어주세요

살랑인다는 말에 대해 생각합니다

떠나는 이의 책갈피 소리를 외워서
기억이라고 쓰는 사람처럼

보내야 하는 것들의 무게를 짐작합니다

먼 훗날 냄새를 모아 답장을 쓴다면 받아두세요

동백꽃은 가방에서 잘 자라고 있습니다

잠깐의 평화를 가져보라고 한다면
우리는 조금 무미해져도 좋겠지

우리가 오랫동안 잃어봤던 것들에 대해

나른해지는 것
녹는 생크림을 바라보는 차근한 눈의 질감

선연해지는 것
빌려 쓴 문장으로 맘껏 살아보는 일주일

뭉근해지는 것
보라 더미에서 얼음을 찾는 북극곰의 여름

만발해지는 것
사라졌거나 없어졌으므로 살아있는 얼굴들

아득해지는 것
시절을 지나 헤아려보는 책의 등과 벽

우리가 이제 맞은편이 되어야 할 것에 대해

잠깐이 영원처럼 오래도록 존재한다면
우리 조금 더 멀리 다녀와도 되겠지

지붕 극장

우리 이제 지붕 위에 집을 지어볼까요
잠시 산뜻한 망각만 있으면 되지요

나무에서 소설이 적당히 익을 때를 기다려요
주렁주렁 달린 문장들을 떼어내야 하니까

여름과 가장 잘 어울리는 첫눈을 골랐나요

바다에는 초록 솜을 깔아두기로 해요

지붕 위에 누워 잘 익은 소설을 따 먹다가
장마가 오면 모든 주인공들이 젖게 두세요

잘 익은 올리브가 지붕 위를 수놓으면
우리가 알던 모든 맛을 잊기로 해요

살아보고 싶은 그때가 여기라고 믿으면
망각은 우리를 어디로든 데려가줄 테니까

우리 내일 지붕에 앉아 영화를 볼까요

세상의 관용어들을 모아 대사를 만들고
이어지지 않는 말을 이어 붙이기

이제 낭만이 지붕에서 익을 때가 오면
빌려 쓴 문장들을 나무에 다시 걸어두어요

작은 물감을 쥔 아이에게 물었다
오늘을 그리기 전에 어제의 꿈을 이야기할까

아이는 말풍선을 불며 말했다
꿈을 기억한다면 모험을 다녀온 기분이거든요

어떤 가능성은 현실보다 더 애틋할 것 같다

생일 선물을 물으면
아이는 흰색 물감이 좋다고 했다

아이는 순백의 얼굴로 말했다
꿈에서 본 안개꽃 하나만 그리면 오늘이 완성되거
든요

어떤 문은 적당한 타협으로 열릴 것 같다

안개꽃 하나로 완성된 삶은
너무 작지만 적당하지

아이 앞에서
앞당겨 쓴 미래가 부끄러워진다

꿈에 자리가 있다면 작고 여리지 않을까
뿌리를 담아둔 컵처럼
장마를 기다리는 장화처럼

초록색 대문 앞에 서면
너무 멀리 왔다는 생각이 든다

끈질긴 꿈의 구애가 끝나버린 것 같다

다음 물감을 쥔 아이에게 물었다
어제의 꿈을 이야기했으니 오늘을 그려볼까

아이가 물감을 선뜻 정리하며 말했다
남은 물감들은 다음 꿈에 쓸래요

오늘의 세상이
적당한 자리에서 꿈이 된다

# 유예하는 기분

여전히 우리는 슬픔을 경유합니다

백지에 적힌 이야기를 읽지 말아요

보이는 슬픔을 다그치지 않기로 해요

그리하여 눈빛이 알게두세요

노래를 부르거나 흥얼거리지 말아요

슬픔의 곡조는 유예하는 게 좋습니다

파고드는 맘이 재촉이 되지 않기로요

둥글게 앉아 두 귀에 울지 말아요

흔들리는 슬픔이 자리를 잃을지 몰라요

사랑이 아닌 것이 외면받지 않게요

이제 다음 문장을 이어 쓰면 됩니다

결말과 애초를 잊기로 해요

이미 다녀온 것처럼 흥얼거려요

2023년의 시와 2026년의 시를 이어 붙여요

슬픔은 뒤를 아는 소설처럼 읽힐 거예요

슬픔으로의 접속은 그렇게 시작됩니다

오랜 손을 빌려

오늘도 몰래 사진을 쥐고 나간다

찾을 수 있지 않을까
어린 내가 잃어버린 작은 눈썹

웃는 얼굴들을 모두 쥐어보면
청포도알들을 넣어둔 여름방학 같아

유예하려는 꿈의 장소들이 있지

우리는 모두 미아로 자라지 않았을까

잃은 것은 낡은 것이 아니라고
다섯 살 내가 사진 속에서 웃는다

그대로 있지 않을까
어린 내가 찾아줄지도 모를 우는 눈썹

주머니에서 청포도알을 꺼내 오물거리다가
오늘도 몰래 우리는 사진을 쥐고

그날들이 잘 다듬어질 공방에 가자

내가 오래된 손들을 빌려줄게
의연함이 절망을 이겨내도록

이듬해의 가운데

우리는 지금 한가운데 있습니다

부서지는 것과 빠져나가는 것을 끌어모아
지키고 싶은 자리에 있습니다

뒤를 돌아보면 여름을 빌려 쓴 악보가 있고
저만치 앞에서 연주되는 이듬해 여름들

작은 꿈을 잃어버린 거라고 뒤에서 운다면
결핍은 두려움을 업은 등이라고 말하고요

지켜 온 것들과 약속될 것들을 모으면
반복의 계절은 간단하게 쓰입니다

절정이라고 말해도 되겠습니까
미워한 적 없으니 무너진 적도 없고요

거스를 것과 되살아볼 것을 발끝에 모으면
우리는 한가운데 서 있어도 되겠습니다

부서진 등을 감싸안아 맞대보자고
다시 밖으로 걸어 나갑니다

우리는 이제 한가운데 서 있겠다고

궁리의 신청곡

노래가 끝나갈 때쯤이면
계속되어온 것에 대해 생각한다

연유를 거스르면 해낼 것 같지

무대 위 주연들이 내려올 때까지
잊지만 않으면 된다

목청껏 노래하는 이에게
주저하지 않는 이유를 묻는 것처럼

궁리하지 않은 사이에게
비밀을 말한 적이 있다

특별하다고 말하다 보면
각별해지는 마음을 얼핏이

어떤 합창은 비밀스러워서
모두에게 들린다

두 사람의 편지를 나란히 읽으면
셋의 용기가 되는 것처럼


계속되어온 것은 조용하고 열렬하지


힘껏 노래를 하는 이에게서
자리를 지켜야 할 연유를 찾은 것 같다

서로의 시를 읽어주다가 대화는 종종 멈추곤 했다. 사랑에 후일담이 가능하다면 귀하지 않을 거라고, 우리는 늘 끝을 남겨두었다. 다시 이야기해보자. 이미 진행된 세계를 보여줄 순 없겠지만.

우리는 뜻밖일걸, 이야기를 다시 시작하기 전에 네가 말했다. 뒤 문장을 잇는 것처럼 사랑이 쉽다면 외로워도 춤을 췄겠지. 그랬다면 괄호가 많은 얼굴이 신비로웠겠지.

나는 오답은 없다고 했다. 정답에 실패하지 않으려는 믿음 같았다. 믿음을 들키고 싶지 않은 속마음이겠지. 사랑 뒤에 쓸 문장이 다르다면 사랑 앞에 쓸 문장이 없으면 되니까.

서로의 시를 읽어주다가 대화가 멈추면 뒤 문장을 눈으로 읽었다. 침범하지 않는 세계가 있어, 그렇게 나는 너를 사랑하고 있는 거라고. 없는 문장은 후기가 없는 사랑 같았다.

우리는 다시 이야기하지 않기로 했다. 지금의 우리
는 너무 근면하기에 받아들이기로, 미래가 쓸 사랑을
읽지 않기로 한다. 사랑하게 될 세계를 보여주고 싶겠
지만.

# 동경과 망각

동경에 대해 생각해

시간을 거스를 수 있는 기술을
고단한 날마다 꺼내보는 것

학교 보안관이 운동장을 바라보다가
빗자루를 들고 야구의 세계로 들어간다

멀찍이 늙은 타자가 되는 능력을 쥐고서

어쩌면 불완전한 동경이겠지

지나쳐온 것들과 지나버린 청춘에는
대답할 수 없는 대답이 가득하고

어떤 배역은 동경으로 살아지니까

다시 교문 앞에서 낙엽을 쓸며
빗자루의 일에 대해 생각하고

헛손질로 야구공을 놓고 상자를 닫으면
언제든 열어볼 수 있는 동경의 세계

동경을 가능하게 하는 것은
그럼에도 망각을 믿어보는 것

다시 사라지고 살아날 청춘에게

이제 지나간 세계에서는
이 능력 하나면 된다

시간을 거스를 수 없다는 것을
고단한 날마다 잊는 능력

안전한 일주일


달력에 집을 빼곡히 그려 넣습니다

화요일에는 꽃을 심어 수요일에는 오두막을 짓고
일요일에는 잎을 말리기로 합니다

달력을 넘기면서 한여름의 집을 심어두면
그렇게 우리는 적막 속에 있습니다

껴안아달라는 말을 도망가자는 말로 바꿔 말하면
견딜만한 사랑이 됩니다

지킨다는 약속을 숨어본다고 읽으면
나는 타인에게 가장 안전해집니다

월요일에는 솔방울을 모아 목요일에는 의자를 짓고
토요일에는 새의 다리를 그려봅니다

달력에 심어둔 한여름의 집을 오려내고
지난해 잘라놓은 시를 찾습니다

견딜만한 사랑의 크기만큼 자릅니다
잘 후숙되도록 넣어둡니다

이제 우리는 적막을 잘 덜어냅니다

덜어낸 자리에 초겨울의 집을 미리 그려둡니다

의도 없는 날

오래전에 봤던 영화를 다시 봤어
무모하다고 생각할지도 모르겠지만

모르고 싶었던 것일지도 모르잖아
수줍게 예측해보는 결말 같은 것

성실하게 접어둔 곳들이 보이기 시작해

아무것도 아닌 것들과 밀어내던 것들이
의도치 않게 받아들여지게 되는 것처럼

영화가 끝나고 오래전 시집을 찾아봤어

정성껏 접어둔 곳들을 찾기 시작해
그때의 우리는 지금과 다르겠지만

의도치 않게 그때를 받아들일 수 있지 않을까

우리는 관념이었지만 문장이 물질이라면

어쩌면 이해할 수 있지 않을까
무심한 말들을 다시 예측해보려고 해

이 시집도 그랬으면 좋겠어

# 오해하고 싶은 마음으로
# 빛은 세계가 있어

김다솔 | 문학평론가

I

## 멈춘 것들이 되살아나는 시간

이제야의 시에는 같은 일을 반복하는 사람들이 자주
등장한다. 그런데 이 행동들이 하나같이 평범하지
않다. 창에 입김을 불어 시를 쓰고, 버석하게 말린
꽃에 꾸준히 물을 주는가 하면, 시간과 언어 그리고
마음까지도 종이처럼 꼭꼭 눌러 접어 선명한 선을
남기려 애쓴다. 의도와 목적을 이해하기 어려운 일을
지치지도 않고 해내는 모습이 낯설게 느껴지면서도
한편으로는 자꾸만 마음을 끌어당긴다. 이들은
무엇을, 어떻게, 어째서 반복하고 있을까.

　우선, 말린 꽃에 물을 주는 사람은 첫 책에서부터
만날 수 있었던 반가운 형상이다. "모두 오래전의
것이 되어도 / 오래되지 않은 그 무엇 하나"(《말린
시간들》)[+]를 찾고 싶어서 꽃과 시간을 반복해서 말리는
사람이 있다. 이때 꽃을 말리는 게 곧 시간을 말리는
행위와 이어져 있다는 사실은 꽤 중요해 보인다.
해결되거나 나아가지 않고 남은 '시제 없는 말 혹은
이야기들'[*]로부터 시가 시작된다던 시인의 고백을
경유하여 본다면, 이는 어떤 기억이 쉽게 잊히거나
바래지 않도록 보존하려는 노력이기도 하겠다.

[+]　　이지혜, 《조각의 유통기한》, 이봄, 2018년, 5쪽.
[*]　　이제야, 《시가 되는 순간들》, 샘터, 2025년, 59쪽.

그런데 붙들어두어서만이 아니라 스스로 잊히지
않는 무엇이 되어 직접 삶에 내려앉는 기억도 있다.
이렇게 기억하려 한 것과 기억되는 무엇이 함께 멈춘
시간을 일군다. 말려둔 것들은 기억하는 사람에 의해
일방적으로 생기를 잃고 박제된 채 과거에 잠겨 있지
않다. 오히려 그것들은 정지한 시간 속에서 유일하고
영원한 싱그러움을 가진 존재로 새롭게 되살아나
현재의 삶에 갑자기 나타나곤 한다.

이후로도 시인에게 물기 없이 마른 시간은 다시
살아나는 시간으로 가는 길목에 위치한다. 어김없이
말린 꽃에 물을 주던 또 다른 '나'는 이렇게 말한다.
"시든 꽃을 말리는 것이 / 떠난 사람을 오래 기억하는
방법"일 수 있다고. 세상의 시간은 빠르게 흐르며
소중한 것을 잊으라고 명령하지만 아무리 애를 써도
절대 희미해지지 않는 무언가가 있다. 그래서 '나'는
그것을 잘 말려 자신만의 정원에 두고 정성스럽게
보살핀다.

"내일이 없"는 이 낯선 시공간에서 꽃은 정지해
있지 않다. "어제보다 오늘 더 꽃이 아닌 꽃이
되어간다"(《나의 정원》)[+]. 따라서 시든 꽃에 물을
준다는 건 무용한 반복이 아니라 결코 알 수 없었을
방향으로 자라나도록 보듬는 일에 가깝다. 마르고
응축되어본 것. 자신을 재단하는 기존의 시간과

+　　이제야, 《일종의 마음》, 시인동네, 2023년, 13쪽.

질서를 벗어나본 것만이 도달할 수 있는 피어남이
있다. 시인이 '없는 이와의 기억'을 바싹 말려
붙잡아두는 한편, 다시 물을 주는 모순적인 행위를
끊임없이 이어온 연유는 바로 여기에 있다.
　말린 꽃이 다른 모습으로 피어나려면 하나가
더 바뀌어야 한다. 바로 언어, 정확히 말하자면
의미다. 무언가를 분명히 정의하고 이름 붙이는
일은 대상을 정해진 역할과 가치에 따라 '그것'으로
고정해버린다. 그래서 이제야에게 말리는 행위는 곧
접는 일이기도 하다. 시인은 마음 깊숙이 박힌 말,
상대에게 건네지 못한 진심처럼 주로 어떤 단어들을
인생이라는 책 사이사이에 표지標識처럼 접어둔다.
이러한 말들 사이에도 물론 시인이 직접 접어둔
것과 스스로 접히길 택한 것들이 함께 섞여 있다.
꽃에게 그러했듯이 시인은 말 역시도 조심스럽게
펴낸다. 그런데 우리는 이미 알고 있다. 시인의 시에서
웅크리고 작아졌던 무언가가 다시 움틀 때 그것은
분명히 본 적 없는 형태와 의미를 덧입고서 우리에게
되돌아온다는 사실을. 접혔던 단어가 시에서
열어젖혀지는 순간 다른 이야기가 펼쳐지고, 언어는
모든 이들이 지닌 남다른 "틈을 잊지 않"기 위해
"지우면서 쓰는 말들"(《히아신스 일기》)*이 된다.
　이제야가 잠깐 반짝이고 사라지듯 명멸하는

　*　이제야, 《진심의 바깥》, 에피케, 2025년, 71쪽.

사건들을 성실하고 힘 있게 시로 기록해온 것은
바로 이 때문이지 않을까. 소중한 대상과 기억이
쓸려가지 않도록 잘 말려 간직하고, 그렇게 당도한
시의 세계에서 새로운 삶을 다시 살 수 있도록 힘을
보태려는 마음. 그러나 활짝 피어날 모양과 방향을
감히 재단하거나 예측하려 들지 않고 변화의 순간을
짧게나마 목격하고 기록하겠다는 결심. 이제야의
시는 언제나 이곳에서부터 출발한다.


## 2
### 접은 슬픔 펼치기

세 번째 시집에 이르러, 시인은 보관해두었던 중요한
기억과 감각 들을 신중히 펼쳐놓기 위해 골몰하고
있는 듯하다. 특히 마음에 들인 이들에게 달라붙어
있는 보편적인 의미를 다시 들여다보는 시선이
무척이나 섬세하다. 그런데 이 펼침이 기지개를
켜는 자신뿐만 아니라 시인을 포함한 주변 존재들을
변화시키고, 나아가 세계 내부에 한 번도 본 적
없었던 문을 만든다면 어떨까.

　　빛나는 존재들의 무게를 받아써볼까

　　시를 쓸수록 삶에 이름이 많아진다

영원히 모르는 세상이 태어나고

(…)


어떤 기분은 자주 가져도 내 것 같지 않다
아마도 처음이 아닌 세계 같지


빈 하늘에 문을 그리면 가끔 문이 열렸다
누구입니까, 물으면 고백이 가까워지고


없다고 생각하면 있는 것이 선명해진다


꼭 한 번은 슬픔을 펼친 면을 보고 싶다
아끼는 것들이 나란히 접히는 모양을


잘 지내, 새로 쓴 시가 문을 열고 나간다


— 〈시소와 시〉 부분.


첫 시 〈시소와 시〉에서 시 쓰기는 다른 세계가
탄생하는 사건이자 계기로 등장한다. '나'에게 시란
"빛나는 존재들의 무게를 받아" 적는 행위라서, "시를
쓸수록 삶에 이름이 많아"지고 "어떤 기분은 자주
가져도 내 것 같지 않"다. 이러한 쓰기가 가능할 수
있었던 건 '나'가 혼자만의 사유와 서정으로 쌓아

올린 세계가 아니라 빛나는 이들의 목소리에 열려
있는 다양성의 세계에 거주하기 때문이다. 고이
접어둔 존재와 말들로 가득 메워져 있는 '나' 그리고
이제야 시 세계의 모습이기도 하다.

이제 시인이 접고 말려 축소하기보다, 펼치고
확장하는 데 목적을 둔다는 점이 주목할만하다.
전자가 대상을 보호하고 소중히 오래 간직하려는
마음에서 작동했다면, 후자는 그 대상에게 남은
접힌 모양과 선을 더듬어봄으로써 그것이 자신만의
방식으로 만들어 나갔을 삶의 궤적을 살피겠다는
겸손한 의지에서 발현된다.

험난하고 비정한 사회가 지우려 한 이들의
손을 붙잡아 자신의 세계에 들이던 시인은, 이제
접어두었던 소중한 기억을 펼쳐 너와 나 사이의 벽을
허물고 세계를 무한히 넓혀나간다. 기존과 다른
방식으로 살아갈 가능성을 지닌 이들과의 만남은
이제까지 나 혹은 자아라는 협소한 세계에 분명한
틈을 낸다. 묶여 있던 기억과 존재 그리고 말들이
짐작할 수 없는 미래로 나아갈 때, 그런 방식으로
펼쳐낼(질) 때 몰아치는 알 수 없는 해방감은
전이되고 전염된다. 그래서 끝을 모르고 거듭나는
존재들을 받아들인 채로 쓰는 '나'의 "새로 쓴 시가
문을 열고 나"가고 "영원히 모르는 세상이 태어"난다.

시인이 세계를 바꾸기 위해 활짝 펴놓은 것은
다름 아닌 슬픔이다. "아끼는 것들이 나란히 접히는

모양"인 "슬픔을 펼친 면"은 왜 이토록 중요할까.
〈시인의 말〉에서부터 슬픔은 중요한 감각으로
등장한다. 시인에 따르면 "우리를 길러낸 건 / 슬픔을
접는 능력"이고, 그렇게 자란 이들이 만든 것이 바로
"나의 슬픔이 / 너의 슬픔을 되오는 세계"일 텐데,
"읽다 만 슬픔을 다시 펼치"는 것만이 그곳에 도달할
수 있는 유일한 방법처럼 보인다 그 뜻을 자세히
살펴보자면 이렇다. '되오다'는 누군가가 그렇게
'되도록' 단단히 세우거나 변화시키는 일 모두를
뜻하는 옛말로, 서로의 아픔과 상처를 지나치지 않고
접는 능력이 '우리'를 기르고, 그렇게 슬픔으로 연결된
존재들은 서로를 일으켜 세우고 돕는다. 슬픔을 접고
펼치면서 만들어진 연결감 속에서 사람들은 변화할
용기와 삶의 온기를 나눌 수 있다. "언젠가 한 번쯤
들키고 싶었을지도 모를 / 일부러 감춰 온 슬픔 같은
것"(〈열아홉 시의 기도〉)이 사람들을 한자리에 불러
모으기도 하듯이.

곤 비가 그칠 겁니다. 빗소리에 맡긴 기억도 사그라들
겠지요. 유연하게 떠오르는 절망들이 좋습니다. 의지하
려는 존재가 의지 되는 존재로 되는 부드러움이.

나는 또 슬쩍 기억을 맡겼습니다. 누구나 무모한 일
에 쏟아지기도 하니까요.

어떤 마음이 태어나는 울음은 빗소리를 닮았습니다.
누구나 운 적이 있다는 건 절망했으나 절망한 기억을 잃
어버리는 것. 한 손으로 고통을 안고 가벼워졌다고 말하
고 싶어요.

빗속에서 모두 같은 얼굴이라면 슬픔은 그냥 구실이
잖아요.

—〈빗소리의 구실〉 부분.

그런데 슬픔이 나와 너를 이어주는 중요한
연결고리이자 촉매라 하더라도, 그것은 일괄적인
덩어리로 뭉치지 않고 각자의 사연과 절망에 따라
모두 다른 모양을 지닌다. "어떤 마음이 태어나는
울음"이 "빗소리"처럼 들린다 해도, "빗속에서 모두
같은 얼굴이라면 슬픔은 그냥 구실"에 불과하듯이.
그래서 시인은 비를 맞으며 그 안에 놓인 저마다 다른
얼굴과 감정을 떠올리고 기억하기 위해 노력한다.
각기 다르게 만발하던 말린 꽃들처럼, 슬픔 역시도
자신만의 의미를 가지고 펼쳐질 수 있도록 그렇게
한다. 무모할지라도 비에 자신의 기억을 온전히
내맡겨 "감각이 망각을 앞지"르고 비가 그친다면
"지난 비를 재생해"서라도 사그라드는 것들을 잊지
않고 간직하려는 것이다.
　하지만 시인이 모든 슬픔을 기억하려고만 한다고

생각하면 곤란하다. 이제야에게 말리고 접는 일은
언제나 피우고 펼치는 행위와 붙어 있으며, 이번
시집에서도 가장 중심이 되는 건 슬픔을 펼쳐놓은
면임을 잊지 말자. "누구나 운 적이 있다는 건
절망했으나 절망한 기억을 잃어버리는 것"이다.
이 말은 곧 한 사람이 지닌 슬픔은 그가 어떤 마음을
가진 이로 태어나도록 도울 뿐만 아니라 그 기억이
희미해지면서 다르게 태어날 가능성 역시도 함께
만든다는 뜻이다. 그래서 이 "유연하게 떠오르는
절망들"은 "의지하려는 존재가 의지 되는 존재로
되는 부드러움"처럼 슬픔과 벅찬 탄생을 함께 몰고
다닌다.
　때문에 접어두었던 슬픔을 하나하나 펼칠수록
선명해지는 건 대상만이 아니다. 그들을 품고
간직하고 있었던 나 역시도 이 펼침 속에서 무너지고
세워지길 반복하면서 별다르게 빛날 기회를
마주한다.

　　우리 자주 하는 이야기 있잖아
　　그때는 틀리고 지금은 맞을까

　　매일 대답이 달라진다

　　녹아버린 아이스크림을 다시 얼려도
　　같은 모습이 아니니까

이제 이런 애매한 결론에는 익숙하지

우리를 키워준 건
수동적인 기쁨이었을지도 몰라

숨기려고 한 건 아닌데 숨어버린 것
비밀스럽지 않게 비밀이 된 것

(…)

슬픔을 차곡차곡 하나씩 펴
두 팔을 활짝 벌려 안아보려고

나는 나를 펼치는 소질이 있으니까

— 〈수동적인 기쁨〉 부분.

이 시에서는 너와 나를 길러주었던 '슬픔을 접는
능력'의 자리를 "수동적인 기쁨"이 대체한다.
수동적이라는 단어가 가진 의미 때문에 얼핏
부정적으로 보일 수도 있지만, 이건 의도한 적
없는데도 스스로 "숨어버린 것" 그리고 "비밀이
된 것"의 내력과 관련해 읽어낼 필요가 있다. 아마
숱하게 언급한 시간의 흐름 속에서도 기억되고
잊히지 않는 것, 외면하려 해도 지나칠 수 없는

슬픔 같은 것들일 텐데, 시의 '나'는 반의지적으로
접어두었던 이 슬픔들을 하나씩 펴낸다. 그런데
슬픔을 펼칠수록 함께 열리는 것은 바로 '나'다.
스스로를 열어 보이는 건 타인에게 틈을 내주고
자신을 위험에 노출시킬 수 있는 수동적이고 위험한
행위다. 그런데 '나'에게 이 능력은 "나를 펼치는
소질이 있"다는 자그마한 기쁨으로 다가온다.
슬픔과 함께 자신을 펼쳐야만 "두 팔을 활짝 벌려
안아보"는 일이 가능해지기 때문이다. 보관한
슬픔과 기억을 펼치면서 보관하고 있던 '나' 또한
무한해지면서 "다시 얼려도 / 같은 모습"은 아닌
아이스크림처럼 "매일 대답이 달라"지는 기쁨이
찾아온다.

　이는 이전보다 행위하고 결단하는 '나'의 의지가
돋보이는 이번 시집의 특성과도 연관해볼 수 있다.
"우리가 찾고 싶은 것은 나"이며 "우리가 살고
싶은 곳은 나"이기에 "아무도 각자의 세계를 주지
마세요"(〈독백 모임〉)라는 전언은 틈 없이 완고한
자신을 완성시키라는 명령이 아니다. 오히려
"내가 나의 중심을 비껴가"고 "내가 생생하지
않아서 좋"다는 자아의 위태로움과 고독함이
"갓 지어내는 세계"가 있다는 것(〈나와 나의 끝말잇기〉).
한 사람에게는 "나와 나를 보는 나"(〈내가 나를
외울 때〉)가 있다. 다시 말해 길게 이어진 기억처럼
굳건하다가도 다른 이에게로 열리며 무너지고,

또 새로운 의미를 만들면서 다시-살아나는 나'들'이
있다.


3

사랑으로 다시 쓰는 의미

시를 통해 '나'를 지우고 또 쓰는 이유를 시인은 〈걸작
수업〉에서 이렇게 표현한다. "습작에서 나는 여러
번 죽었다 깨어난다 // 미워하는 내가 무엇이든 될
수 있어서 / 시에 사는 내가 좋아진다". 시를 쓰는
동안 무슨 일이 일어나기에 미워하던 자신을 좋아할
수 있게 된다는 걸까. 아마도 "걸작이 말하고 싶은
삶을 모르고 싶다"는 소망이 잠시나마 충족되기
때문일 것이다. 세상은 너무 쉽게 평범하게 살아가는
오늘이 그 자체로 충분하지 않다고 말한다. 그 안에서
굳어진 이는 아무리 노력해도 도달할 길이 없어
보이는 걸작과 같은 삶을 꿈꾸다 지쳐 스스로를
미워하며 살아간다. 그런데 시에서 여러 번 죽었다
깨어나면서 무엇이든 되어보는 과정을 거치면서
'나'는 경험한 적 없는 삶 쪽으로 조금씩 옮겨간다.
　정해지지 않고 유동하는 존재로 자신을 감각하는
사람 앞에서는 인과관계를 비롯한 모든 질서가
한순간에 힘을 잃는다. 그가 살아 움직이는 곳이
언어를 정해진 의미 체계로부터 가장 멀리 밀어내는

시의 내부라면 더욱 그렇다. 그래서 생과 사를
반복해서 넘나드는 '나'의 운동은 견고한 세계에
균열을 가하는 시적 순간들을 창출한다.
　그래서 시집 전반에 걸쳐 등장하는 쓰는 행위는
결국 무언가를 잊겠다는 목적을 향해 나아간다.
알고, 기억하고, 그리하여 연결되려고 말리고
접어둔 것들의 이야기를 시로 쓴다던 시인의 말과
대조적으로 보일 수도 있겠다. 하지만 흘려보내지
않고자 기억하는 동시에, 결국에는 그것의 존재를
잊고 떠나보내는 행위야말로 시인이 추구하는 본질에
가깝다.


　　의미를 외우면 의미가 없으니
　　누가 뜻을 적어준다면 잘 잊기로 해


　　대신 나는 작은 마을을 하나 그려둘게


　　태어나고 사라지고 맺어지고 끊어지는 것들
　　이 안에 무엇이 있는지


　　우정은 어디에 있어요, 묻는 너에게
　　나는 아주 흔한 말을 골라 쓸 거야


　　우정이라는 말이 달아나지 않도록

알지도 못한 채 알게 되는 것들은
믿음을 무력하게 할지도 모른단다

―〈맺음말의 서〉부분.

〈맺음말의 서〉는 익숙한 단어들을 여러 의미로
풀어놓으려는 의지로 충만하다. 우정이라는
단어의 뜻을 묻는 '너'에게 '나'는 보편적인 의미를
알려주기보다 오히려 "의미를 외우면 의미가 없으니 /
누가 뜻을 적어준다면 잘 잊기로 해"야 한다는
아리송한 말을 남긴다. 특히 기존의 의미를 지우기
위해서 '나'는 일부러 "가장 진부한 말"과 "아주 흔한
말"만을 골라 쓴다.

그런데 단어가 새로운 의미를 지니려면 거대하고
특별한 지위나 맥락이 부여되어야 하는 게 아닌가
고민하게 된다. 이에 대비해 시인이 남겨둔 대안을
살펴보자. 시인은 단어의 진정한 의미를 깨닫고자
한다면, 누군가 전해준 의미를 그대로 받아들이거나
외우지 말고 직접 삶에서 겪고 알아낸 자신만의 맥락
속에서 재구성해야 한다고 말하고 있다. "알지도
못한 채 알게 되는 것들은 / 믿음을 무력하게 할지도
모른단다" 속삭이면서. 그래서 그는 묻는 이에게
사전에 나오는 정의를 일러주는 대신, "태어나고
사라지고 맺어지고 끊어지는 것들" 그리고
"무너뜨리고 넘어지고 사랑하고 포기한 것들"처럼

140

일상과 인생이 만들어지는 "작은 마을을 하나
그려둘" 뿐이다. 이제야 시의 시어가 평범한 일상의
언어로 짜인 이유도 이 때문이리라. 시에 독보적인
지위를 부여하는 것이 아니라, 반복되는 일상에
쓰이는 언어들이 시를 통해 다채로운 이들의 사연과
만나 전에 없던 서사 속에서 색다르게 피어날 수
있도록 돕는 것이다. 시의 여정이란 결국 기억하고
있던 것을 잊는 과정과 다르지 않다는 사실 뒤에는
이러한 이유가 자리하고 있다.

　기억해야만 하는 것들을 경험하고 기록하는
동시에 정지한 시간으로부터 되살아나 새로운 의미로
세계를 다시 만드는 존재들의 목소리를 경유하는
방식으로 쓰는 시. 그리하여 결국은 잊기 위해 쓰는
시가 바로 이제야의 세계라고 한다면, 무엇이
이 지난한 작업을 반복하도록 이끄는가와 관련한
우리의 첫 물음으로 다시 돌아오지 않을 수 없게
된다.

　이쯤에서 시집을 읽은 뒤 나에게 은밀히, 그러나
아주 강렬히 자리 잡은 시인의 비밀을 하나 말해보고
싶다. 각인되듯 선명히 새겨진 고백은 바로 "사람을
사랑하려고 사랑을 모아두었"다는 것(〈동백으로
쓴 답장〉). "알고 있는 마음을 시로 쓰기가 조금
두려워진다"(〈나의 사계절 이불〉)는 떨림이 온갖
언어를 바꾸기 위해 자기를 열고 허물어트린 뒤 다시
힘겹게 일구는 동력으로 변하는 과정은 슬픔을 가진

사람들에게 더 좋은 세계를 전해주고자 하는 지극한
사랑이 있기에 가능하다.

그리하여 그랬다고 생각하면
거스를 수 있는 것들이 없어진다


우울을 생으로 바꿔 읽고
살고 싶었을 문장에 밑줄을 그었다


그럼 부고는 예측하지 못한 일이 되고
한 번은 거스르고 싶은 꿈이 될 것 같다


— 〈우울을 생으로 바꿔 읽으며〉 부분.


인용한 시의 '나'는 한 사람의 죽음을 평범한
이야기로 바꾸려는 보편적인 서사의 폭력에 맞서
다르게 읽기를 수행한다. 죽은 시인의 시집을 펼쳐
죽음과 관련한 단어와 문장을 찾아 읽으면서도
시의 맥락과 저자의 죽음을 등치시키는 연결을
거스르려는 움직임이 보인다. 이를 통해 시의 세계는
기존의 의미를 잃고 더 넓게 펼쳐진다. '나'가 이토록
절절히 문장의 자연스러운 흐름에 맞설 수밖에
없는 건 "그리하여 그랬다고 생각하면 / 거스를 수
있는 것들이 없어진다"는 사실을 너무나 잘 알기
때문이다. 그래서 '나'는 우울과 죽음의 표상으로

손쉽게 분류되었던 언어를 "생으로 바꿔 읽고",
끝내려는 의지를 읽기보다 "살고 싶었을 문장"을
찾아 밑줄을 긋는다. 이토록 희미한 가능성만으로도
어떤 틈이 열릴지도 모른다는 희망을 포기하지
않으면서. 이렇게 "어떤 가능성은 현실보다 더
애틋"하다(〈적당한 삶과 미래〉).

　그래서 시가 가닿는 망각은 존재와 의미 자체를
깨끗하게 도려내는 삭제의 기술이 아니라 같은
뜻으로만 쓰이는 단어, 이로부터 단단히 세워진
삶의 질서가 사람에게 달라붙어 정해진 꿈만
좇으며 살라고 겁박하는 폭력으로 자리 잡는
연쇄를 끊어내기 위한 도구에 가깝다. 쉽게
해석되고 희석되는 각각의 고통과 슬픔을 있는
그대로 존중하고 감각하고자 날카롭게 굳은
언어의 질서를 흐트러뜨리려는 시인은 "누구도
만들어두지 않은 인과를 빼면 / 우연만 남는"(〈보존을
사랑이라 부르며〉)다는 진실을 잊지 않으며, 모든
인과관계를 벗어던진 사람만이 "맥락 없이 알게 되는
사랑"(〈가능한 맥락〉)을 향해 나아간다. "사랑이 아닌
것이 외면받지 않"(〈유예하는 기분〉)는 그곳에서는
역설적으로 모든 것이 사랑이 될 수 있기에, 세계의
의미는 이 본 적 없는 사랑들로부터 다시 쓰인다.

그렇다면 시인이 그토록 바라는 세계, 사랑으로
다시 쓰인 의미들로 가득 찬 이 "가끔 문틈으로
보이는 세상"(《우리가 빚진 것》)은 과연 어떤 모습을
하고 있을까. 그건 아마도 모든 것이 아주 잠시만
영원한 것으로 존재하는 세계이지 않을까. 의미와
가치 체계가 흔들리고 인과관계가 무너진 곳이자,
접어두었던 가능성들을 펼치면서 모두가 끊임없이
변화하는 그곳에선 의미가 중첩되고 겹칠 수 없는
것이 겹칠 수 있게 된다. 흐릿해진 경계 속에서
선연해지는 것은 "사라졌거나 없어졌으므로
살아있는 얼굴들"이나 "북극곰의 여름"(《잠시만
영원해》)처럼 쉽게 이해할 수 없는 것들뿐이다.

가끔은 우리를 번역해보고 싶거든
두 가지 뜻을 가진 영단어만 골라 쓰자

어쩌면 오해의 능력이랄까

우리가 섣불리 사랑할 수 있는 이유를 생각해봤어
녹아버린 아이스크림을 섞는 스푼처럼

한 번은 번역하듯이 편지를 읽고 싶거든

아무도 같은 문장을 쓰지 않는 능력과
그러나 모두가 한마음으로 쓰는 일

어쩌면 내가 오래 너를 사랑한 것처럼

우리를 영원히 형용할 수 없는 이유를 생각해봤어
그냥 그렇다고 믿는 날짜처럼

          —〈번역하듯이 우리를 읽으면〉 부분.

낯설고 불가해한 의미들은 사실 이해를 넘어선
세계를 끌어당기기 위해 시인에 의해 적극적으로
오해된 것들이기도 하다. 재고 따지지 않고 "섣불리
사랑할 수 있는 이유"를 만들어내는 것이야말로
"오해의 능력"이기 때문이다. 그래서 이제야는
속속들이 분별하지 않기 위해 '번역하듯이' 읽기로
한다. 다른 언어를 자신의 언어로 옮겨오는 번역의
과정에서 의미는 반드시 유실되기 마련이다.
이 필연적인 상실을 시인은 기쁘게 도모한다.
뒤 이야기가 없는 "쓰다 만 편지"를 상상해서 읽고
"두 가지 뜻을 가진 영단어"로만 이어진 문장을
구성한다. 모든 의미의 조합을 실현시키는 이토록
자발적인 오해 덕분에 윤곽을 잡아가는 건 "그냥
그렇다고 믿는" 시간의 가능성이다.

제철에 열리는 과일을 외우며 자랐다. 알 수 없는 변화들 속에서 믿어볼 만한 것들이 있다고. 때가 돌아오면 잃은 것은 언제나 그대로라고 말해주었다.

믿음을 갈아 신은 두 발처럼.

칠월 나른한 낮에 할머니가 내어주던 수박은 여름의 자세였다. 작년의 맛은 올해의 일과였으니 올해의 맛은 내년의 결심이 되겠다. 제철은 지켜내는 자격이라고.

스스로를 물려받은 오늘의 우리처럼.

눈이 펑펑 내리는데 수박을 먹는 어른이 되었다. 여름의 갈증에 들뜨지 않으며 겨울까지 건조하게 걸어온 우리. 제철이 필요하지 않다는 걸 알아버리면 이별은 대체로 수월하다.

그때의 부재를 알아가는 대화법처럼.

가끔 제철이 없다는 건 분실한 나 같다. 어렵게 찾지 않아도 되는 때에서 나는 자주 믿음을 잃고. 겨울 수박을 먹으며 씨앗을 한 움큼 모아두었다. 때를 잃지 않고 싶다.

—〈겨울 수박〉 전문.

시인은 언제나 영원한 제철의 시간을 산다. 나서서
오해하고 적극적으로 훼방을 놓은 덕분에 인과를
잃고 시원하게 무너져내린 시간 개념은 매순간을
적기로 만들어주었다. 제철 과일은 유독 곱고 생생한
색깔로 빛난다. 하지만 자신만의 시간과 의미에 맞춰
생기를 펼치는 존재들로 가득 찬 세계는 끊이지 않고
매일 제철을 맞이한다.

"여름의 갈증에 들뜨지 않으며 겨울까지 건조하게
걸어온 우리"는 이제 적실한 때가 오기를 하염없이
기다리거나 놓쳤을지 모른다며 좌절하지 않는다.
"스스로를 물려받은 오늘의 우리"는 이제 누군가
정해준 올바른 순간 따위는 존재하지 않는다는
진실을 알고 있기 때문이다. 강요된 시기가 아닌
자신만의 때가 돌아온다면 "잃은 것은 언제나
그대로"일 테니 걱정하거나 불안해하지 않아도
괜찮다. "알 수 없는 변화들 속에서 믿어볼 만한
것들이 있다". 시인 또한 포함되어 있을 '우리'의
"믿음을 갈아 신은 두 발"이 더없이 뭉클하다.

누군가 임의로 정한 시간이 아니라 자신만의 때를
믿게 된 이에게 "제철은 지켜내는 자격"이 되었기에
"가끔 제철이 없다는 건" 스스로를 잃었다는 의미가
된다. 새로 쓴 시간 속에서 "눈이 펑펑 내리는데 겨울
수박을 먹는 어른"으로 거듭난 시인은 언제고 다시
변화하고 움틀 "때를 잃지 않고 싶다"는 마음으로
"씨앗을 한 움큼 모아"둔다. "오해하고 싶은 미래는

두 손이 만드는 거라고"(《그해 여름 폭설》) 믿기에
언제든 늦지 않게 제철을 불러오려는 것이다.

　대상을 간직하기 위해 시간을 멈춰 생기를 거두고
작게 접기를 반복하던 시인은, 이제 슬픔을 펼친
자리에 사랑을 가득 채워 넣은 세계의 모든 시간을
제철의 순간으로 뒤바꾼다. 시간과 기억을 건조해
사라질 듯 위태로운 이들을 보듬는 장소였던 마른
세계는 흘러넘치는 사랑으로 흠뻑 젖어 기어코
찬란을 되찾았다.

　그러나 분명히 일러둘 말이 있다. 지치지 않는
사랑이 만들어가는 이 "사랑하게 될 세계"에 관해
시인은 "늘 끝을 남겨두"고 있다. 만드는 이가
"미래가 쓸 사랑을 읽지 않기로" 택한 시에는 "후기가
없는 사랑"(《문장완성검사》)만이 남았다. 그 자리에서
싱그러운 과일과 초목, 끊이지 않는 노랫소리, 내내
붉게 빛나는 동백꽃이 영원히 머물며 그려갈 미래는
완결되지 않는다. 그러니 별수 없다. 함께 오해하고
또 사랑겠다는 마음으로, 시인이 보여줄 앞으로의
세계를 언제까지고 따라 읽어갈 수밖에.

산문

당연한 슬픔과 필연한 재회
― 나의 독자들께

언젠가부터 '피고 진다'는 말을 하나의 단어로
외워버린 것 같습니다. 피어난다는 말이 위협적으로
느껴지던 때가 있었는데 그때부터 스스로 키운
방어기제일까요. 그래서 저는 피어나는 것을 보면
지는 모습을 먼저 떠올립니다. 피었다가 진 모든
것에는 자세가 있죠. 꿋꿋이 버텨본 자세, 불현듯
끝나버린 자세, 그리운 쪽으로 기울여본 자세 등.
저는 이 지는 자세들에 관심이 많습니다. 이 자세들의
표정을 오래 들여다보며 받아쓰는 게 시가 아닐까
싶어요.

그러다 문득, 피고 지는 주기를 삶의 시간이라고
한다면, 접고 펼치는 주기는 의지의 시간이라는
생각이 들었습니다. 살아나고 사라지는 모습이라는
점에서는 전자와 후자가 비슷한데 접고 펼친다고
생각하면 후자가 조금 더 능동적인 자세 같았거든요.
슬픔이 반복된다고 생각하면 지겨운데 접고 펼칠
수 있다고 생각하니, 문득 우리에게 의지가 있는
것 같았습니다. 손으로 접고 펼치는 동작을 해보면
슬픔을 다루는 기술을 가지게 되는 느낌이랄까요.
대개 힘들고 고통스러운 것은 지나가도 또 다른
얼굴로 온다는 걸 알잖아요. 슬픔을 다루는 기술이
하나 있다면 다음은 조금 더 의연해질 것 같았습니다.
독자님과 이 의연함을 이야기하고 싶어요.

그래서 슬픔을 하나씩 펼쳐보기로 했습니다.
반복되는 것들은 전부 저마다 접어둔 곳이
있더라고요. 그때는 덮어두었지만 소나기에 젖거나
폭풍에 뒤집혀 결국 다시 드러나는 곳들. 오랫동안
접어둔 곳을 쭉 보니 한 이의 생은 꽤 단순했습니다.
탄생, 성장, 사랑, 성숙, 이별, 죽음 등. 삶은 인간의
조건이라는 명목으로 우리를 회전목마에 태우고
이것들을 감당하게 하고 있는 느낌이었죠. 접어둔
곳들을 보면 같은 감정이 없고 같은 사연이 없겠으나
유난히 해진 곳들이 보였습니다. 그곳을 따라가보니
하나, 슬픔으로 묶였습니다. 시집은 그렇게 '슬픔의
펼침면'으로 태어났습니다.

삶이 소란할 때마다 찾는 바다가 있습니다. 바다
앞에 그냥 앉아 있어요. 석양에 물드는 수평선을
보려고 몇 시간을 기다리는 겁니다. 수평선을 보면
슬픔도 내 의지와 상관없이 서서히 물든 흐름일 수
있겠다 싶거든요. 바다가 석양에게 광경을 허락하는
짧은 순간 중에서도 아주 잠깐 일 분 남짓 수평선의
색이 보랏빛과 분홍빛의 경계가 될 때가 있습니다.
독자님은 보신 적이 있을까요. 그 순간이 매우
아름다워요. 경계가 만들어지는 사이에서의 경계,
그것은 무엇보다 또렷해요. 언젠가 한번은 수평선의
경계선이 정확하게 접은 선처럼 보여서 두 손으로
종이를 접는 시늉을 한 적이 있습니다. 무엇을 접고

싶었는지, 무엇을 접어둔 것인지 알게 된 건 시간이
꽤 흐른 후였습니다.

시집 원고를 묶던 겨울밤. 종이에 시 한 편을 적고
반복해서 접어본 적이 있습니다. 최대한 작아지도록
계속 접으니 손바닥보다 훨씬 작은 네모 모양이
되더군요. 이 작은 조각을 가방에 넣고 다녔습니다.
며칠 후 작은 조각을 가방에서 꺼내 꽃잎을 펼치듯
펴다가 엉엉 울었습니다. 그 기분을 무엇이라 말해야
할까요. 접어둔 종이 조각은 웅크린 이의 모습 같고
점점 종이가 커지는 모습은 슬픔이 얼굴을 들이미는
느낌이었습니다. 그런데 엉엉 울며 종이를 다 펼치고
나니 이상하게 마음이 꽤 편안했어요. 선명히 접힌
선들이 슬픔의 방향 같았거든요. 이미 겪은 슬픔은
언제나 싫겠지만 그 방향을 알게 되니 적당히 감당할
수 있는 기분이었죠. 펼쳐야만 생기는 길이 있고
그 길 위에서만 재회할 수 있는 게 슬픔이라는 것도
알게 되었습니다.

슬픔이 한 번으로 끝난다면 우리에게 시가
필요할까요. 분명 또 올 걸 아니까, 또 괴로울 걸
아니까 조금 더 나은 슬픔을 맞이하려고 시를 읽고
쓴다고 생각하거든요. 그러고 보니 시를 읽고 쓴다는
건 굉장히 적극적인 행위인 것 같습니다. 어디에
쏟아붓지 못하는 말, 혼자만의 괴로운 고요가 시를

읽고 쓰게 하니까. 그렇지만 시를 읽고 쓴다는 건
결국 나 혼자 하는 일이니 가장 수동적인 적극성인
걸까요. 적어도 슬픔에 한해서는. 비슷한 구조로
서사를 조금씩 바꿔가며 슬픔이 반복되는 것이
삶이라면 우리가 그 삶을 계속 이어 올 수 있었던
것은 그때마다 슬픔을 접어두었기 때문일 겁니다.
저는 이것을 우리의 능력이라고 하고 싶어요.
접어두는 것은 도피와 외면이 아니라 조금 늦은
환대일 거라고.

시집에 묶은 펼침면들은 고음이 없는 노래처럼
들어주시면 좋겠습니다. 저에게 감정의 고음은
표출과 비슷한 느낌인데요. 접어둔 곳들을 펼치려면
표출이 아닌 절제의 책갈피가 필요했습니다. 대개
만끽하는 감정들은 시로 쓰지 않게 되는 것 같아요.
한번 강렬하게 반짝이는 일, 운명 같은 일, 순간을
느끼면 되는 일은 시가 아니어도 표현할 통로가
많으니까요. 이를테면 누군가에게 그 감정을 말할
수도 있고 표정이나 목소리로 표출할 수도 있고
일기에 가감 없이 적을 수도 있겠고요. 그런데
제게 시가 되는 것은 저음의 혼잣말 같은 것입니다.
저음들은 대게 부정적인 감정들인데요. 시간이
지나도 질기게 남은 것, 한 번에 끊어낼 수 없는 것,
그러므로 충분히 느끼는 게 불가능한 감정들. 그런데
신기한 것은 저음의 혼잣말에 음표를 수놓으면

내게만 들리는 고음이 생겨요. 고음이 없는 제 노래가
독자님께 닿아 저마다의 작은 고음으로 일렁이길
바랍니다.

슬픔은 만끽할 수 없기에 영원히 재회해야 할지도
모르겠습니다. 세 번째 시집은 오래 접어둔 것들과
재회를 준비하며 썼습니다. 몇 해 만에 누군가를
마중하기 위해 옷을 고르고 머리를 매만지는
마음으로. 재회를 끝내고 집으로 돌아오면 종종 시를
쓰겠지요. 정성 들여 쓴 시 한 편이 재회를 아름답게
할 리 없고 재회를 용감하게 해주지도 않을 걸
압니다. 그러나 내가 나를 놓지 않는 것, 그것이 시를
이토록 사랑하게 하는 이유 같습니다. 숱한 감정 중에
애초에 만끽이 불가능한 것이 슬픔이라면, 그리고
지겹도록 반복되며 우리를 괴롭히는 것이 삶이라면,
이제 슬픔과 재회해보려 합니다. 독자님과 함께요.

오늘도 저는 슬픔의 펼침면이라는 수평선을 마음껏
유영해보려 합니다. 독자님께도 이 시집이 그랬으면
좋겠습니다.


                2026년 3월
                이제야 드림

추천의 말

이 시집은 한낮에 느린 춤곡과 함께
읽으신다면 참 좋겠습니다.
햇빛에 색이 바랜 아주 화려한 찻잔처럼
슬픔에도 품위를 부여하는 글이기에.
아무도 보지 않는 나만의 춤사위에도
우아함이 깃들 수 있기를 바라며
'이제야'라는 고약하고 고독한 여자를 응원합니다.


고아성 | 배우

지은이
이제야

2012년 등단 후 시집《진심의 바깥》《일종의 마음》,
산문집《낭만 사전》《시가 되는 순간들》《조각의
유통기한》등을 썼다. @hellosoulme

지은이
이제야

2012년 등단 후 시집《진심의 바깥》《일종의 마음》,
산문집《낭만 사전》《시가 되는 순간들》《조각의
유통기한》등을 썼다. @hellosoulme

# 슬픔의 펼침면

ⓒ 이제야 2026

1판 1쇄 발행 2026년 4월 11일
1판 2쇄 발행 2026년 4월 25일

지은이 이제야
편집 김진형
디자인 박연미
제작처 제이오

펴낸곳 먼곳프레스
펴낸이 김진형
출판등록 2025년 8월 20일 제2025-000136호
주소 10881 경기도 파주시 회동길 480,
B동 417호
전화 031-935-6107
팩스 031-935-6108
전자우편 editor@meongot.com
인스타그램 @meongotpress

ISBN 979-11-996490-2-6 03810

슬픔의 펼침면